疑问集

〔智利〕巴勃罗·聂鲁达 —— 著
陈黎 张芬龄 —— 译

Pablo Neruda

Libro
de las
preguntas

南海出版公司

新经典文化股份有限公司
www.readinglife.com
出 品

Libro de las preguntas

Pablo Neruda

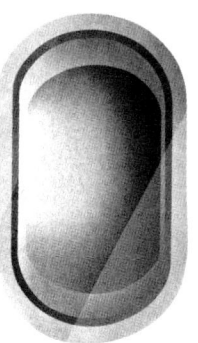

1

为什么巨大的飞机不和
它们的子女一同翱翔?

哪一种黄鸟
在巢中堆满柠檬?

为什么不训练直升机
自阳光吸取蜂蜜?

满月把它夜间的
面粉袋留置何处?

2

如果我死了却不知情
我要向谁问时间?

法国的春天
从哪儿弄来了那么多树叶?

为蜜蜂所苦
盲者何处安居?

如果所有的黄色都用尽
我们用什么做面包?

3

告诉我,玫瑰当真赤身裸体
或者那是它仅有的衣服?

为什么树藏匿起
根部的光辉?

谁听到犯了罪的
汽车的忏悔?

世上可有任何事物
比雨中静止的火车更忧伤?

4

天国有多少座教堂?

鲨鱼为何不攻击
那些无所畏惧的海上女妖?

烟会和云交谈吗?

我们的希望真的
须以露水浇灌吗?

5

你把什么守护在驼起的背底下?
一只骆驼对乌龟说。

乌龟回答:
对柑橘你会怎么说?

一棵梨树的叶子会比
《追忆似水年华》茂密吗?

为什么树叶会在
感觉变黄的时候自杀?

6

为什么夜之帽
飞行时坑坑洞洞?

老灰烬经过火堆时
会说些什么?

为什么云朵那么爱哭
且越哭越快乐?

太阳的雌蕊在日蚀的
阴影里为谁燃烧?

一天里头有多少蜜蜂?

7

和平是鸽子的和平?
花豹都在进行战争?

教授为什么传授
死亡的地理学?

上学迟到的燕子
会怎么样?

他们真的把透明的书信
撒过整个天空?

8

什么东西会刺激
喷出烈火、寒冷和愤怒的火山?

为什么哥伦布未能
发现西班牙?

一只猫会有多少问题?

尚未洒落的眼泪
在小湖泊等候吗?

或者它们是流向忧伤的
隐形的河流?

9

今天的太阳和昨日的一样吗?
这把火和那把火不同吗?

我们要如何感谢
云朵短暂易逝的丰硕?

挟带着一袋袋黑眼泪的
雷云来自何处?

那些甜美如昨日蛋糕的
名字到哪儿去啦?

她们到哪儿去啦,那些朵娜达,
柯萝琳达,艾德薇伊丝们?

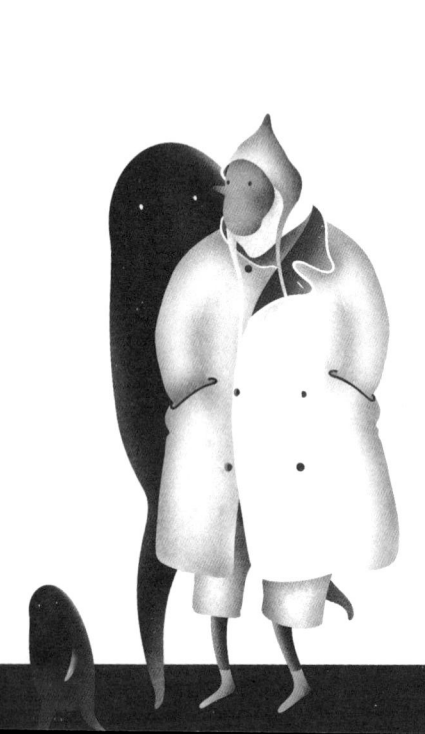

10

百年之后
波兰人对我的帽子会有何感想?

那些从未碰触过我血液的人
会怎样说我的诗?

要如何测量自啤酒
滑落的泡沫?

囚禁于彼特拉克的十四行诗中
苍蝇会做些什么?

11

如果我们已经说过了
别人还会说多久?

何塞·马蒂对马里内略美容学校
教师有何看法?

十一月年纪多大?

秋天不断支付那么多
黄色纸币要买什么?

伏特加和闪电调成的鸡尾酒
如何称呼?

12

稻米露出无限多的白牙齿
对谁微笑？

为什么在黑暗的时代
他们用隐形墨水写字？

加拉加斯的美女可知道
玫瑰有几件裙子？

为什么跳蚤
和文学士官咬我？

13

性感妖娆的鳄鱼真的
只居住于澳大利亚?

橘子如何分割
橘树上的阳光?

盐的牙齿是
出自苦涩的嘴吗?

真有一只黑兀鹰
在夜里飞越过我的祖国?

14

站在石榴汁前
红宝石说了什么?

然而星期四为何不说服自己
出现在星期五之后?

蓝色诞生时
是谁欢欣叫喊?

紫罗兰出现时
大地为何忧伤?

15

但是背心真的
准备叛变吗?

为什么春天再次
献上它的绿衣裳?

为什么农业看到天空流下
苍白的眼泪会大笑?

被遗弃的脚踏车
如何赢取自由?

16

盐和糖在努力
打造一座白色的塔吗?

在蚁丘,
做梦真的是一种责任?

你知道大地在秋天
沉思默想些什么?

(何不颁个奖牌给
第一片转黄的树叶?)

17

你有没有发现秋天
像一头黄色的母牛?

多久之后秋天的兽
会成为黑暗的骷髅?

冬天如何收集
那么多层的蓝?

谁向春天索取
它清新空气的王国?

18

葡萄如何得知
葡萄串的宣传?

而你可知何者较难,
结实,或者采摘?

没有地狱的人生不好:
我们能否重整地狱?

并且把悲伤的尼克松的
屁股置放在火盆上?

用北美洲的汽油弹
慢慢烧烤他?

19

他们可曾计数过
玉米田里的黄金?

你知道在巴塔哥尼亚的正午
雾霭是绿色的吗?

谁在废弃水塘的
最深处歌唱?

西瓜被谋杀时
为何大笑?

20

琥珀真的含有
海上女妖的泪水?

他们给鸟群间飞翔的花
取什么名字?

迟来不如永不来,不是吗?

为什么奶酪决定
在法国展现英雄行径?

21

光是在委内瑞拉
打造出的吗?

海的中央在哪里?
为什么浪花从不去那儿?

那颗流星真的是
紫水晶制成的鸽子吗?

我可以问问我的书
那真是我写的吗?

22

爱情,爱情,他的和她的,
如果它们不见了,会上哪儿去啊?

昨天,昨天我问我的眼睛
我们何时彼此再相见?

而当你改变风景时
是赤手空拳还是戴着手套?

当水蓝色开始歌唱
天空的谣言会散发出什么味道?

23

如果蝴蝶会变身术
它会变成飞鱼吗?

那么上帝住在月亮上
不是真的啰?

紫罗兰蓝色啜泣的气味
是什么颜色?

一天有几个星期
一个月有几年?

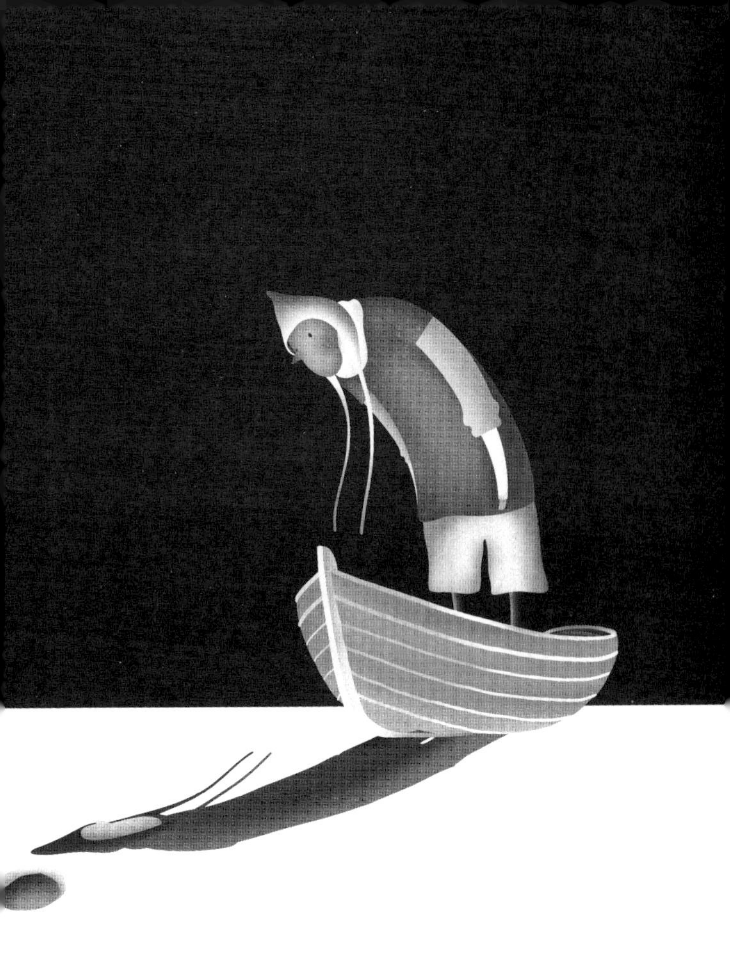

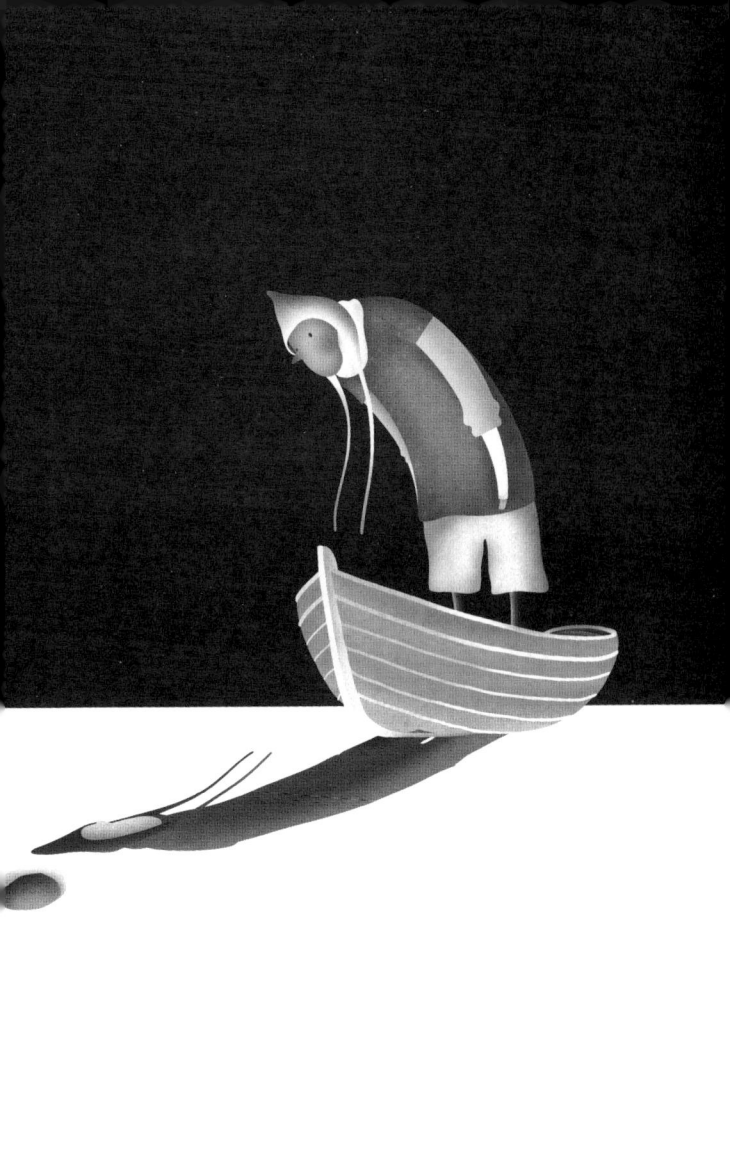

24

对每一个人4都是4吗?
所有的七都相等吗? ①

囚犯们想到的光
和照亮你世界的光相同吗?

你可曾想过四月
对病患是什么颜色?

什么西方君主政体
用罂粟做旗帜?

---

① "4"对应原文的阿拉伯数字;"七"对应原文的单词。

25

为什么树丛褪尽衣裳
只为等候冬雪?

在加尔各答诸神之中
我们如何辨识上帝?

为什么所有的蚕
活得如此穷酸?

樱桃核心的甜味
为什么如此坚硬?

是因为它终须一死
还是因为它必须延续下去?

26

把一座城堡归于我名下的
那位严肃的参议员是否

已然和他的侄子一起吞下了
暗杀的糕饼?

木兰花用它柠檬的
香味蒙骗谁?

鹰栖卧云端时
把匕首搁在哪里?

27

或许那些迷路的火车
是死于羞愧?

谁不曾见过芦荟?

它们被植于何地,
保罗·艾吕雅同志的眼睛?

有空间容纳一些荆棘吗?
他们问玫瑰丛。

28

为什么老年人记不得
债务和灼伤?

真的吗,吃惊的少女身上
会散发香味?

为什么穷人一旦不再贫穷
便失去理解力?

到哪里你才能找到
梦中响起的钟声?

29

太阳和橘树之间
相隔多少圆尺?

太阳在它燃烧的眠床睡着时
是谁将它叫醒?

在天体的音乐中
地球的歌唱是否像蟋蟀?

真的吗,忧伤是厚的
而忧郁是薄的?

30

写作蓝色之书时
鲁文·达里奥不是绿色的吗?

兰波不是猩红色的吗,
贡戈拉不是紫罗兰的色泽吗?

维克多·雨果有三种颜色,
而我则是黄色的丝带?

穷人们的回忆全数
都挤在村庄吗?

而富人们把梦想
存放在矿石雕成的盒子里?

31

我能问谁我来人间
是为了达成何事?

我不想动,为何仍动,
我为何不能不动?

为什么没有轮子我仍滚动,
没有翅膀或羽毛我仍飞翔,

而为什么我决定迁徙,
如果我的骨头住在智利?

32

生命中有比名叫巴勃罗·聂鲁达
更蠢的事吗?

在哥伦比亚的天空
是否有一位云朵收藏家?

为什么雨伞们的会议
总是在伦敦举行?

示巴女王的血
是苋紫的颜色吗?

波德莱尔哭泣时
是否流出黑色的眼泪?

33

对沙漠旅人而言
为什么太阳是如此差劲的伙伴?

而在医院的花园里
为什么太阳却如此友好可爱?

月光之网网罗的
是鸟还是鱼?

我是不是在他们遗失我的地方
终于找到自己?

34

我用被我遗忘的美德
能否缝制出一套新衣?

为什么最好的河流
一一流入法国?

为什么在格瓦拉之夜后,
玻利维亚还不破晓?

他被暗杀的心
是否在那里搜寻那些暗杀者?

沙漠的黑葡萄是否
对眼泪有根本的渴望?

35

我们的生命不是两道
模糊光亮间的隧道吗?

它不是两个
黑暗三角形间的一道光亮吗?

生命不是一条
已准备好成为鸟的鱼吗?

死亡的成分是不存在
还是危险物质?

36

死亡到最后不是
一个无尽的厨房吗?

你崩解的骨骼会怎么做,
再次找寻你的形体吗?

你的毁灭会熔进
另一个声音和另一道光中吗?

你的虫蛆会成为
狗或蝴蝶的一部分吗?

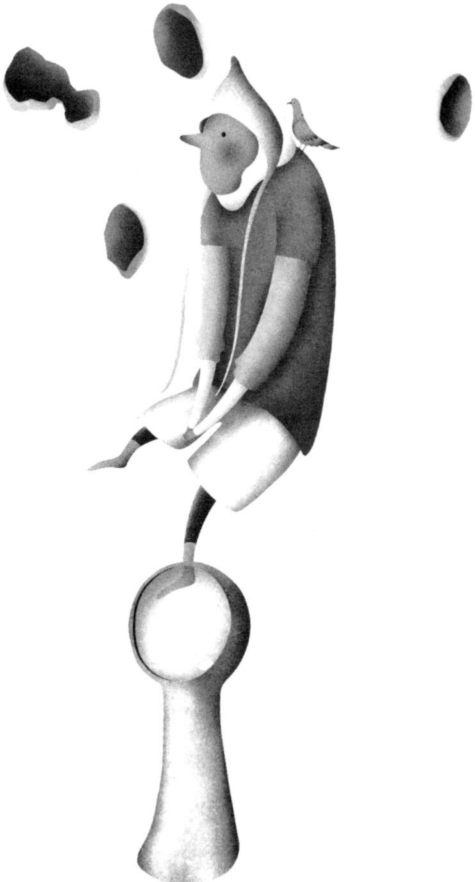

37

自你的灰烬之中诞生的
会是捷克斯洛伐克人,还是乌龟?

你的嘴会用另一些即将到来的唇
亲吻康乃馨吗?

然而你可知道死亡来自何处,
来自上方,还是底下?

来自微生物,还是墙壁?
来自战争,还是冬季?

38

你不相信死神住在
樱桃的太阳里面?

春的一吻
不也会夺你命吗?

你相不相信哀伤在你前面
扛着你命运的旗帜?

在你的头颅内你是否发现
你的祖先们被彻底谴责?

39

你没有在大海的笑声里
同时感受到危险吗?

在罂粟血色的丝绸里
你难道未看到威胁?

你不明白苹果树开花
只为了死于苹果之中吗?

你的每一次哭泣不是都被
笑声和遗忘的瓶罐包围吗?

40

邋遢褴褛的大兀鹰
出完任务之后向谁报告?

如何称呼
一只孤独绵羊的忧伤?

如果鸽子学唱歌
鸽棚内会是什么景象?

如果苍蝇制造蜂蜜
会不会触怒蜜蜂?

41

犀牛如果心肠变软,
能够持续多久?

今年春天的树叶
有什么新鲜事可以重述?

在冬天,叶子们是否和树根
一起藏匿度日?

为了和天空交谈,
树木向大地学习了什么?

42

始终守候之人受苦较多
还是从未等待过任何人的人?

彩虹的尽头在何处,
在你灵魂里还是在地平线上?

或许对自杀者而言
天国会是一颗隐形的星星?

流星从何处的
那些铁的葡萄园坠落?

43

当你熟睡时,在梦中
那爱你的女子是谁?

梦中事物到哪儿去啦?
转入别人的梦境吗?

在你梦中存活的父亲
在你醒来时再死一次?

梦中的植物会开花
而它们严肃的果实会成熟?

44

幼年的我哪儿去啦,
仍在我体内还是消失了?

他可知道我不曾爱过他
而他也不曾爱过我?

为什么我们花了那么多时间
长大,却只是为了分离?

为什么我的童年死亡时
我们两个没死?

而如果我的灵魂弃我而去
为什么我的骨骸仍紧追不放?

45

森林的黄色
和去年的一样吗?

顽强海鸟的黑色飞行
反复回旋吗?

空间的尽头
叫作死亡或无穷?

在腰上何者较重,
忧伤,或者回忆?

46

十二月和一月之间的月份
如何称呼?

谁授权他们为那串
十二颗的葡萄编号?

为什么不给我们长达
一整年的巨大的月份?

春天不曾用不开花的吻
欺骗过你吗?

47

在秋天过了一半的时候
你可曾听到黄色的爆炸声?

因为什么理由或不公
雨水哭诉它的喜悦?

鸟群飞翔时
什么鸟带路?

蜂鸟令人目眩的对称
自何处悬垂而下?

48

海上女妖的乳房
是海中螺旋形的贝壳吗?

抑或是石化的海浪,
或静止流动的泡沫?

草原尚未因野生的萤火虫
而着火吗?

秋天的美发师们
把众菊的头发弄乱了?

49

当我再次看到海
海究竟会不会看到我?

为什么海浪问我的问题
和我问它们的问题一模一样?

它们为什么如此虚耗热情
撞击岩块?

对沙子反复诵读宣言
它们难道从不觉厌烦?

50

谁能说服大海
叫它讲讲道理?

毁掉蓝色的琥珀、绿色的
花岗石,有什么好处?

岩石的身上为什么
那么多皱纹,那么多窟窿?

我从海的后面来此,
它如果拦住我,我该往何处?

我为什么自断去路,
堕入大海的陷阱?

51

我为什么痛恨散发出
女人味及尿骚味的城市?

城市不就是搏动的床垫
所构成的广大海洋吗?

风的大洋洲没有
岛屿和棕榈树吗?

我为何重新回归
无垠海洋的冷漠?

52

遮蔽白日宁静的
黑色章鱼究竟有多大?

它的枝桠是铁制的,
眼睛是死火做成的吗?

三色的鲸鱼为什么
在路上拦截我?

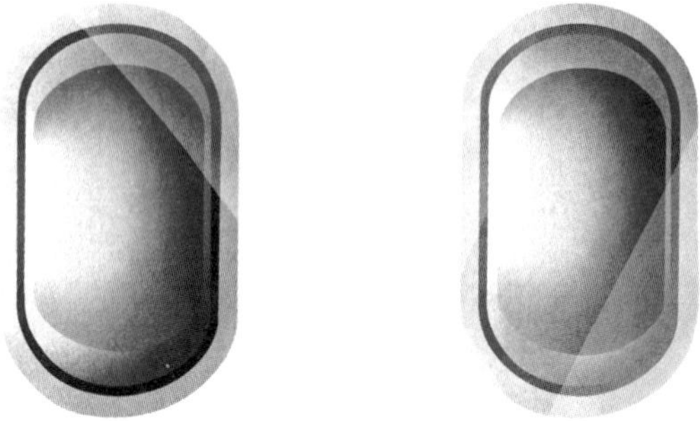

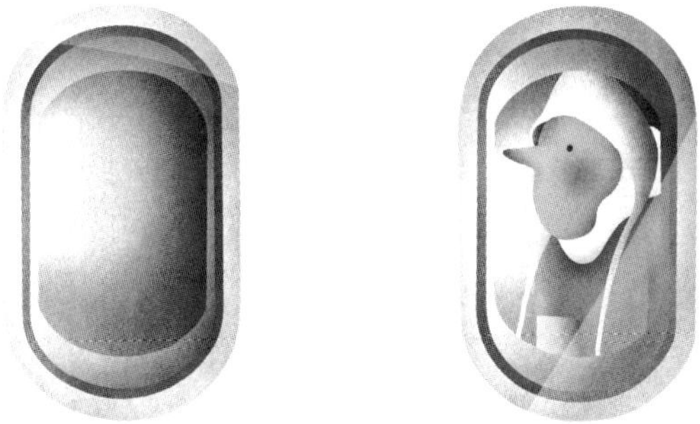

53

谁当着我的面
吞食了一条长满脓包的鲨鱼?

罪魁祸首是角鲨,
还是沾满血迹的鱼群?

这持续性的破坏
是秩序,还是战斗?

54

燕子当真打算
定居于月球上?

它们会不会带着自飞檐扯下的
春天一同前往?

月球上的燕子
会在秋天起飞吗?

它们会啄食天空
以寻找铋的踪迹吗?

它们会回到
撒满灰烬的阳台吗?

55

为什么不把鼹鼠和
乌龟送往月球?

难道这些挖孔打洞的
动物工程师无法

担当这些
远方的探勘工作?

56

你不相信单峰骆驼
把月光贮存在其驼峰里？

它们不是以不为人知的坚毅
在沙漠里播种月光吗？

海洋不是曾经短期
出借给大地吗？

我们不是得将之连同其潮汐
归还给月亮吗？

57

禁止行星互吻
岂不妙哉?

何不在启用众行星前
先分析好这些事?

为什么没有穿着宇宙飞行服的
鸭嘴兽?

马蹄铁不是
为月球上的马打造的吗?

58

什么东西在夜晚搏动?
是行星还是马蹄铁?

今天早晨我得在
赤裸的海和天空之间做一抉择吗?

天空为什么一大早
就穿着雾气?

什么东西在黑岛上等候我?
是绿色的真理,还是礼仪?

59

为什么我没有神秘的身世?
为什么在成长过程我孤独无伴?

是谁命令我拆下
我自尊的门?

当我睡觉或生病时
谁来替我生活?

在他们未将我遗忘之处
哪一面旗帜飞扬?

60

在遗忘的法庭上
我有什么好神气的?

哪一个是未来的
真实绘像?

是成堆黄色谷物中的
一粒种子吗?

抑或是瘦削的心——
桃子的代表?

61

一滴活蹦蹦的水银
是流向下方,还是流向永恒?

我忧伤的诗歌
会用我的眼睛观看吗?

当我毁灭后安眠
我还会拥有我的气味,我的痛苦吗?

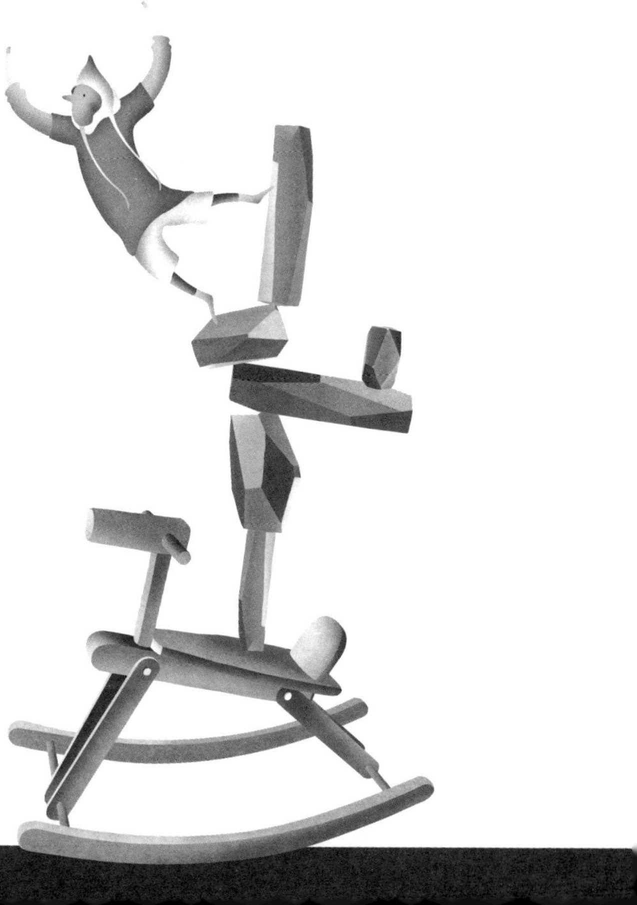

62

在死亡的巷弄苦撑
意味着什么?

盐漠
如何生出花朵?

在万事俱寂的海洋
有赴死亡之约的盛装吗?

当骨头消失,
最后的尘土中存活下来的是谁?

63

对于鸟语的翻译
鸟儿们如何达成共识?

我要如何告诉乌龟
我的动作比它还迟缓?

我要如何向跳蚤
索取它显赫的战绩表?

或者告诉康乃馨
我感谢它们的芬芳?

64

为什么我褪色的衣服
飞扬如旗帜?

我是有时邪恶
还是始终良善?

我们学习的是仁慈
还是仁慈的面具?

恶的玫瑰花丛不是白色的吗?
善的花朵不是黑色的吗?

谁为那无数纯真事物
编派名字和号码?

65

一滴金属闪耀
如我歌里的音节吗?

一个词有时不也
慢条斯理移动如一条蛇?

名字不是像柑橘一样
在你心里劈啪作响吗?

鱼源自哪一条河?
从"银器业"这个词来吗?

帆船(velero)不会因装载过多元音
发生船难吗?

66

Locomotora（火车头）里的O
会喷烟、起火、冒蒸汽吗？

雨水以何种语言落在
饱受折磨的城市？

日出时的海风会重复发出
哪些悦耳的音节？

有没有一颗星比"罂粟"（amapola）
这个词更为宽广？

有没有两根尖牙比"豺狼"（chacal）
这两个音节还要锐利？

67

字音表啊,你能够爱我
并且给我一个实在的吻吗?

字典是一座坟墓
还是一个封闭了的蜂巢?

我在哪一扇窗不停注视着
被埋葬了的时间?

或者我远远看到的事物
是我尚未度过的人生?

68

蝴蝶什么时候会阅读
它飞行时写在翅膀上的东西?

蜜蜂识得哪样的字母,
为了明了其行程表?

蚂蚁会用哪样的数字
扣除它死去的兵士?

旋风静止不动时
该称作什么?

69

爱的思绪会不会坠入
死火山?

火山口是复仇之举
还是大地的惩罚?

那些流不到海的河川
继续和哪些星星交谈?

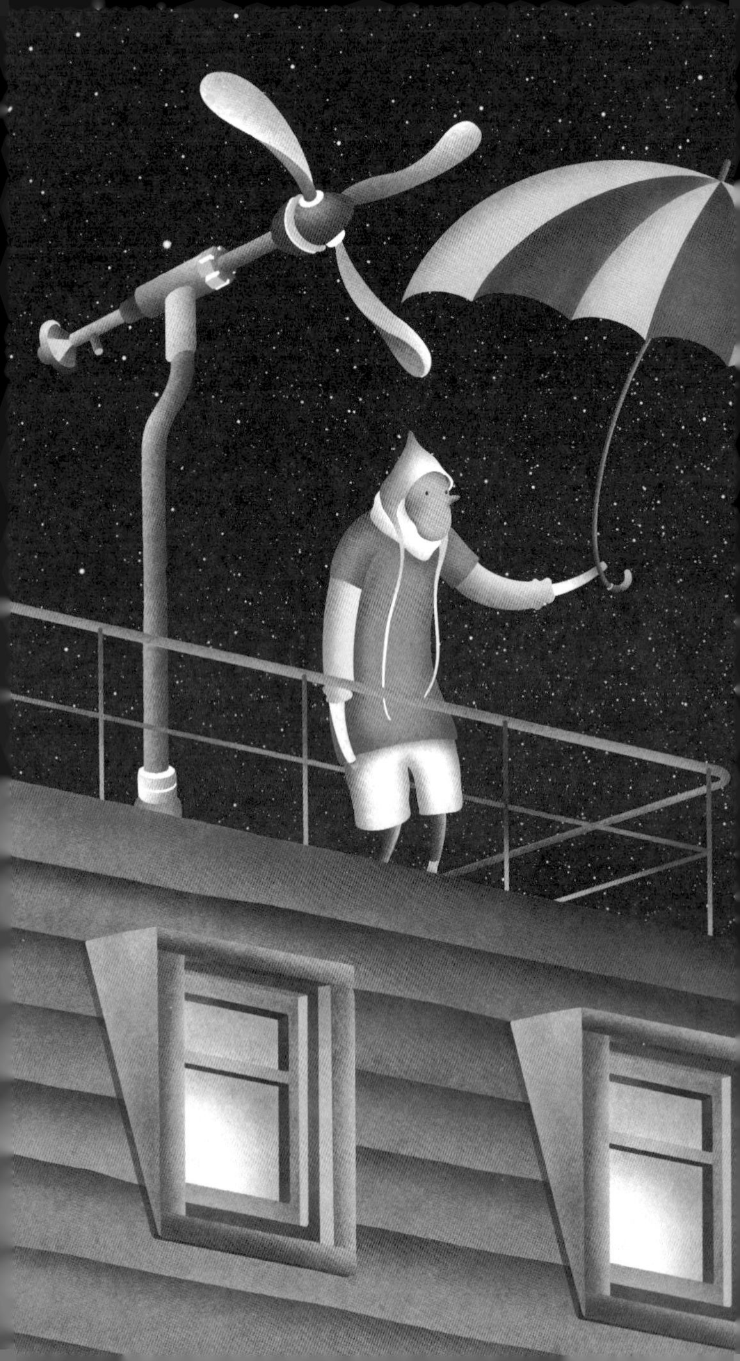

70

希特勒在地狱里
被迫做什么样的劳役?

他为墙壁还是尸体上漆?
他嗅闻死者身上的毒气吗?

他们喂他吃
被烧死的众孩童的灰烬吗?

或者自他死后
他们一直让他从漏斗喝血?

或者他们用铁锤将拔下的
金牙敲进他的嘴里?

71

或者他们让他睡卧在
他带有钩刺的铁丝上?

或者他们在他皮肤上刺青
以制作地狱的灯泡?

或者黑色的火焰猛犬
毫不留情地咬他?

或者他非得和他的囚犯们一同旅行,
日以继夜,不眠不休?

或者他非得死而又不得死,
永远在毒气下?

72

如果所有的河流皆是甜的
海洋如何获取盐分?

四季如何得知
变换衬衫的时刻?

为什么在冬日如此迟缓,
而随后又如此急遽轻快?

树根如何得知
它们必须攀爬向光?

且以如此丰富的色泽和花朵
迎向大气?

是否总是同样的春天
反复扮演同样的角色?

73

地球上何者较为勤奋,
是人类,还是谷粒的太阳?

枞树和罂粟,
大地较钟爱何者?

兰花和小麦
它偏爱何者?

为什么花朵如此华美
而小麦却是暗浊的金黄?

秋天究竟是合法入境
或者它是秘密的季节?

74

为何它徘徊树丛间
直到树叶掉落?

它黄色的裤子
依旧挂于何处?

秋天真像在等待
什么事情发生吗?

也许等待一片叶子颤动
或者宇宙的运转?

地底下有没有一块磁铁,
秋天磁铁的兄弟磁铁?

玫瑰的派任令
何时在地底颁布?

大哉小天问

——《疑问集》译后记

《疑问集》是二十世纪拉丁美洲大诗人聂鲁达（Pablo Neruda, 1904—1973）去世后出版的微型杰作。这本小书收集了三百一十六个追索造物之谜的疑问，分成七十四首，每一首由三至六则小小"天问"组成，聂鲁达的思想触角伸得既深且广——举凡自然世界、宗教、文学、历史、政治、语言、食物、科技文明、时间、生命、死亡、真理、正义、情绪、知觉，都是他探索的范畴。

暮年的聂鲁达，对自然奥秘仍充满好奇，不

时突发奇想，展现机智的幽默和未泯的童心："满月把它夜间的／面粉袋留置何处？""告诉我，玫瑰当真赤身裸体／或者那是它仅有的衣服？""你把什么守护在驼起的背底下？／一只骆驼对乌龟说。""稻米露出无限多的白牙齿／对谁微笑？""你有没有发现秋天／像一头黄色的母牛？""西瓜被谋杀时／为何大笑？""秋天的美发师们／把众菊的头发弄乱了？""那些流不到海的河川／继续和哪些星星交谈？"成年人的生活经验和孩童的纯真直觉，两者结合之后产生了令人惊喜的质地。读者得抛开理性思考的习惯，随着诗人的想象律动，试着从另一角度观看月亮、云朵、山川、江海、季节、植物、动物，而后享受探索生命不得其门而入的悬宕快感。

　　人与万物的关系，无疑是他关注的焦点：他为事物注入七情六欲，探触事物本质，让表相物质的层面与抽象、形而上的层面交融，呈现出对照或平行的趣味性:"我们的希望真的／须以露水浇灌吗?""为什么树叶会在／感觉变黄的时候自杀?""被遗弃的脚踏车／如何赢取自由?""在蚁丘,／做梦真的是一种责任?""老灰烬经过火堆时／会说些什么?""囚犯们想到的光／和照亮你世界的光相同吗?""我用被我遗忘的美德／能否缝制出一套新衣?""我们要如何感谢／云朵短暂易逝的丰硕?""城市不就是搏动的床垫／所构成的广大海洋吗?""如何称呼／一只孤独绵羊的忧伤?""雨水以何种语言落在／饱受折磨的城市?""彩虹的尽头在何处,／在你灵魂里还是在地平线上?"这些"疑问"的背后充满了人文思考,人类处境的投射显而易见。我们看到光,也看到黑暗,看到喜悦,也看到忧伤。在这本诗集里,聂鲁达不是政治诗人、自然诗人或爱情诗人,而是单纯地回归到"人"的角色,拥抱生命的矛盾本质,继而以

"艺术家"的灵视,巧妙地避开了矫揉浅显或意识形态的陷阱,织就此一质地独特的文字网罟。

面对死亡,思索人生,聂鲁达提出了人类共通的问题:

> 幼年的我哪儿去啦,
> 仍在我体内还是消失了?

> 他可知道我不曾爱过他
> 而他也不曾爱过我?

> 为什么我们花了那么多时间
> 长大,却只是为了分离?

> 为什么我的童年死亡时
> 我们两个没死?

> 而如果我的灵魂弃我而去
> 为什么我的骨骸仍紧追不放？

这些疑问有时像自问自答的禅宗公案，他虽不曾解答，但仍在某些问题里埋下沉默的答案种子。他自死亡窥见新生的可能，一如他在孤寂阴郁的冬日花园看到新的春季，复苏的根。通过孤独，诗人选择回到自我，回到巨大的寂静，并且察知死亡即是再生，而自己是大自然生生不息的周期的一部分：

> 死亡到最后不是
> 一个无尽的厨房吗？

> 你崩解的骨骼会怎么做，
> 再次找寻你的形体吗？

你的毁灭会熔进

另一个声音或另一道光中吗?

你的虫蛆会成为

狗或蝴蝶的一部分吗?

聂鲁达一生诗作甚丰,诗貌繁复,既个人又公众,既抒情又史诗。五十年代以及五十年代以前的聂鲁达,情感丰沛、能量四射:三部《地上的居住》(又译《大地上的居所》,1933,1935,1947)让我们看到这位原本在诗中记载个人情感波动,质疑个人归属定位以及与外在世界关系的诗人,如何化阴郁的诗的语调为激昂、喧嚣的怒吼,为群体发声,为民众书写;五十年代出版的史诗《一般之歌》(又译《漫歌》,1950),以及三本题材通俗,明朗易懂,歌颂日常生活事物的《元素颂》(1954,1956,

1957），更是这种"诗歌当为平民作"理念的实践。然而六十年代以后，他的诗又经历了另一次蜕变，他把触角从群众世界转向自然、海洋，转向内在，像倦游的浪子，企求歇脚之地，企求与宇宙万物的契合。在聂鲁达去世之后出版的八本诗集里，我们看到暮年的聂鲁达，以宁静的声音，向孤寂、时间发出喟叹，回到自我，向内省视，省视现在、过去以及等候着他的不确定的未来。他像先知、哲人，也像无知的孩童，诧异万事万物的奥秘，思索人类生存的意义、人类在宇宙的地位，以及生命的种种现象。

这本《疑问集》，可视为诗人对生命的巡礼。聂鲁达抛下三百多个未附解答的疑问，逗引读者进入迷宫似的生命版图，欢喜地迷途，谦卑地寻找出口。

陈黎　张芬龄

著作权合同登记号 图字：30-2014-129

LIBRO DE LAS PREGUNTAS
by PABLO NERUDA
© FUNDACIÓN PABLO NERUDA, 1974
All rights reserved.

图书在版编目（CIP）数据

疑问集 ／（智）巴勃罗·聂鲁达著；陈黎，张芬龄译. -- 2版. -- 海口：南海出版公司，2023.10
ISBN 978-7-5735-0553-8

Ⅰ. ①疑… Ⅱ. ①巴… ②陈… ③张… Ⅲ. ①诗集－智利－现代 Ⅳ. ① I784.25

中国国家版本馆 CIP 数据核字（2023）第 146871 号

疑问集
〔智利〕巴勃罗·聂鲁达 著
陈黎 张芬龄 译

出　　版	南海出版公司　（0898）66568511	
	海口市海秀中路 51 号星华大厦五楼　邮编 570206	
发　　行	新经典发行有限公司	
	电话 (010)68423599　　邮箱 editor@readinglife.com	
经　　销	新华书店	
责任编辑	侯明明	
特邀编辑	张馨予　陈方骐　吕宗蕾　梅　清	
营销编辑	金子茗　郑博文　陈歆怡　王蓓蓓	
装帧设计	韩　笑	
插　　画	造梦九局	
内文制作	田小波	
印　　刷	北京富诚彩色印刷有限公司	
开　　本	787 毫米 ×1092 毫米　1/32	
印　　张	3.5	
字　　数	35 千	
版　　次	2015 年 1 月第 1 版　2023 年 10 月第 2 版	
印　　次	2023 年 10 月第 1 次印刷	
书　　号	ISBN 978-7-5735-0553-8	
定　　价	45.00 元	

版权所有，侵权必究
如有印装质量问题，请发邮件至 zhiliang@readinglife.com

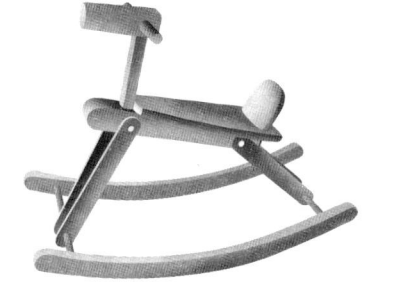